www.ingramcontent.com/pod-product-compliance
Lightning Source LLC
LaVergne TN
LVHW041602070526
838199LV00046B/2103
* 9 7 8 9 3 6 0 4 9 1 1 2 3 *

الذين تقطعت بهم السبل

Translated to Arabic from the English version of
The Stranded

Shruti S Agarwal

Ukiyoto Publishing

All global publishing rights are held by

Ukiyoto Publishing

Published in 2024

Content Copyright © Shruti S Agarwal

ISBN 9789360491123

All rights reserved.

No part of this publication may be reproduced, transmitted, or stored in a retrieval system, in any form by any means, electronic, mechanical, photocopying, recording or otherwise, without the prior permission of the publisher.

The moral rights of the author have been asserted.

This is a work of fiction. Names, characters, businesses, places, events, locales, and incidents are either the products of the author's imagination or used in a fictitious manner. Any resemblance to actual persons, living or dead, or actual events is purely coincidental.

This book is sold subject to the condition that it shall not by way of trade or otherwise, be lent, resold, hired out or otherwise circulated, without the publisher's prior consent, in any form of binding or cover other than that in which it is published.

www.ukiyoto.com

المحتويات

الردهة	1
الرائعون الأربعة	4
الفتاة ذات المؤخرة الموشومة على شكل تنين	9
الشقة رقم 1301	14
الوداع	21

1

الردهة

ظهراً 12.32

لا ضوء، لا حركة، لا شيء!" ، قال المصعد عندما وصل إلى " الرواق. ينتشر الضوء في المصعد في الردهة والصوت الذي أصدره يقتل البلادة على الأرض. يخرج أبهي من الباب ويسكن مدخله في الطابق. وبينما يبدأ بالسير نحو شقته في نهاية الردهة، يغلق باب المصعد تلقائيًا خلفه ويسحب كل الضوء الذي بقي في الأرضية. وأخذ "أبهي" حياته بأخذ حضوره عندما وصل إلى نهاية الرواق وفتح باب الشقة ودخلها. انغلق الباب بصوت عالٍ كضجة صغيرة، وانتهى الأمر بالصمت مرة أخرى.

5.32

يظل الرواق على الحالة نفسها لمدة 5 ساعات، وبعد ذلك يظهر الأفق المزرق ببطء في النهاية. بينما تصبح السماء أكثر وضوحًا بسبب أشعة الشمس قبل شروقها، يوجد في الطابق 5 أبواب أخرى مماثلة لأبهي، 5 على كل جانب. تفتح الشقة رقم 1305 ويخرج زوجان في منتصف العمر بشكل مناسب ويستقلان المصعد.

ساعة 5.34

بعد دقيقتين، تُفتح الشقة رقم 1306 وتخرج فتاة في العشرين من عمرها لتستقل المصعد مرتدية سماعات الرأس وحذاء رياضي وسروال قصير. فيستقبلها بائع الحليب الذي يخرج من المصعد ويراقب مؤخرتها أثناء دخولها المصعد. وبينما يلقي بائع الحليب علب الحليب على الأبواب الستة، يأتي بائع الجرائد من المصعد الثاني ويمرر الجرائد المطوية بعناية عبر أرضية شقتين من الشقق الست، ثم يعود إلى المصعد مع بائع الحليب.

صباحاً 5.59.

بعد مرور 25 دقيقة، يضيء الطابق بالكامل بأشعة الشمس المشرقة وأصوات السيارات القادمة من الشوارع تحدد ضوضاء خلفية اليوم. يخرج رجل عجوز من الشقة رقم 1305 ويقرع الجرس على الجانب الآخر من الردهة من أجل صديقه العجوز. يُفتح الباب ويحيي الرجلان العجوزان بعضهما البعض ضاحكين ويستقلان المصعد إلى الأسفل.

الساعة 6:34 صباحاً

تُفتح الشقتان رقم 1303 و1304 بعد 35 دقيقة مع مجموعة من الأطفال الذين يركضون نحو المصعد. يخرج آباؤهم الذين يرتدون ملابس العمل من الشقق واحداً تلو الآخر حاملين حقائب الأطفال بينما يدعي كل طفل من الأطفال أنه قد فاز. بعد أن يدخلوا المصعد مباشرة تُفتح الشقة رقم 1305 وتخرج امرأة من الباب مع ابنتها وتركض إلى المصعد. تستمر في النظر إلى ساعة يدها بينما تنتظر وصول المصعد حتى تتمكن من اصطحاب طفلتها إلى المدرسة ثم تذهب إلى العمل.

الساعة 8:33 صباحاً.

بعد ساعتين، اختفى كل الحليب الموجود على الأبواب، باستثناء باب واحد. شوهدت المكنسة تنظف الأرض بينما تخرج فتاتان في العشرين من عمرهما من الشقة رقم 1306 وتذهب المكنسة إلى المصعد للذهاب إلى العمل.

الساعة 10.27 صباحًا.

بعد ساعتين، يُفتح باب الشقة رقم 1301 أخيرًا ويخرج أبهي ليأخذ الحليب وهو لا يزال نائمًا.

10.58 صباحاً

بعد 30 دقيقة، يخرج أبهي من الباب حاملاً حقيبته ويرمي بعض أكياس القمامة في سلة المهملات الأرضية. يلاحظ أن باب الشقة رقم

1303 قد فُتح نصفه وأمامها تصميم رانجولي. يغلق الباب بسرعة. ثم يسرع في المشي ويدخل المصعد.

الساعة 11.58 مساءً.

خلال الساعات الـ 13 التالية، كان النزلاء المخضرمون وصبية التوصيل يتحركون في الرواق بين المصعد والأبواب، أطفال يلعبون، حراس على الأرض، خفتت أشعة الشمس والأصوات، وساد صمت شبحي، وانهمر الظلام.

12.32 ظهراً

3 مراهقين يخرجون من المصعد، يتجهون على أطراف أصابعهم نحو الشقة 1301 ويقرعون جرس الباب بشكل متكرر لمدة دقيقتين. يواصلون النظر في وجوه بعضهم البعض بعد أن يرن الجرس. يتصل أحدهم بـ "أبهي" على الهاتف، الذي يخرج من باب المصعد عند الاتصال به. يتعانقان ويبتسمان ويمشيان عبر الباب.

4

الرائعون الأربعة

أفسح علي وبراشي وعدي بعض المساحة للجلوس حول الفوضى في غرفة معيشة أبهي. "ما خطب شعرك؟" يشعر أبهي بالفضول بعد أن لاحظ "الأطراف المشعرة" على رأس عدي، بينما يضحك علي وبراشي عليه. "لقد نسيت خوذتي والرياح فعلت فعلتها في الطريق"، أومأ أبهي برأسه عند إجابة عدي وذهب إلى المطبخ ليغتسل ويحضر كؤوس الويسكي.

قف! كيف عرفت أن لدينا "الراهب العجوز"؟ يسأل علي أبهي وهو" يحضر الكؤوس. "حسنًا، لقد مر أكثر من شهر منذ أن بدأتم يا رفاق بالتسكع هنا. إنها ليلة السبت ... لذلك ربما تريدون أن تضيعوا هنا وتتحطموا.... ومثل السبت الماضي-....... انتظر لحظة، هل قلت "راهب عجوز"؟ هل ستتوقف عن كونك طالب جامعي لمرة واحدة؟ "لا شكراً... سأبقى مع "أساتذتي.

يحضر أبهي شرابه من المطبخ ويصب كأسه بنفسه دون أن يعرض على أي شخص آخر. يحدق علي وبراشي وعدي في بعضهما البعض بينما يتناول أبهي مشروبه الأول. "واو، كان ذلك رائعًا تمامًا. أنت لم تنتظرنا حتى أن نقول في صحتك." تعلق براتشي على أبهي بينما يبدأ علي في سكب الكؤوس الثلاثة المتبقية من الروم.

إلى جوروجي ومدير أعمالي"، يقول عدي نخب أبهي. "اسمعوا، " اسمعوا!" يرفع الجميع كؤوسهم ويتناولون مشروبهم الأول. يقول علي: "يجب أن أعطي عدي شيئًا ما. لديه حقًا بعض الشجاعة ليشرب مع مديره مع أعز أصدقائه وكأنه ليس بالأمر المهم." وتضيف "براتشي": "قد يكون أبهي ضعف عمرنا، لكنه رياضي للغاية بالنسبة لشخص في الخمسين من عمره". "عمره 53 عامًا"، يصحح أبهي لبراشي.

"بالضبط! هذا ما يعجبنا فيك. أنت غريب. أنت فخور بعمرك. أنتِ لم تتزوجي أبداً ولا تهتمين بكمية الضجة التي يثيرها الناس من وراء ظهرك." يقول عدي. "أي نوع من الضجة؟ "أي ضجة؟" تسأل براشي. يجيب عدي بتردد طفيف، لكنه يجيب بكل سهولة: "حسناً، هناك العديد من الزملاء الذين يثنون على التزامه بعمله. ولكن لا يزال هناك البعض ممن لا يوافقون على ذلك."

"وماذا في ذلك؟ العالم مليء بالهراء. أراهن أن هناك واحدًا على الأقل يعيش في الجوار." تقول براشي. يرد أبهي بابتسامة ويقول: "العمل هو كل ما لدي. رجل عجوز يجب أن يعيش أيضاً". "من هذا؟" يسأل عدي وهو ينظر إلى النافذة عبر القاعة مع ابتسامة عريضة على وجهه. بينما ينضم إليه علي وبراشي، لا يتحرك أبهي قليلاً ويجيب: "إذا كان لديها تلك التسريحة الجديدة ذات الشعر القصير وأحمر الشفاه الأسود، فانسها."

"نعم، ولكن لماذا؟" يسأل عدي، "إنها بعيدة عن مستواي أو شيء من هذا القبيل". يشرح أبهي، "نعم، هذا أيضًا، وأعتقد أنك ستشاركها تمامًا في العمل وقد لا تكون موافقًا على ذلك، لكن لديها أربعة أصدقاء أو "أصدقاء مضاجعة" كما تسميهم." "أوه... هذا يجعلني فخور... وحزين. ولكن كيف تعرفين كل هذا... هل أنت واحدة من صديقاتها..."؟ عدي يسأل.

"كانت. كانت تعيش هنا. كان لديّ احتياجاتي الخاصة، وكان لديها احتياجاتها. الآن نحن مجرد جيران وأصدقاء. أنا سعيد لأنها تستمتع بوقتها الآن." أجاب أبهي. "كيف يكون ذلك ممتعاً؟ جنس بلا معنى مع عدة رجال. واحد منهم كان كبير في السن... لا إهانة يا أبهي (أبهي يبتسم ويرفع كأسه) .... هذا رخيص جدا، ماذا عن والديها، كيف يسمح لها أفراد المجتمع بالعيش هنا. من تظن نفسها أنثى كازانوفا أو تشارلي هاربرس أو بلاي جيرل؟ حتى أنها تجلس وساقاها مفتوحتان.... يا لها من عاهرة!" ردت علي

تقاطع أبهي نفسها متعجبة: "حسناً، قبل أن تبدأ في إطلاق أسماء نابية عليهم، دعني أوقفك هنا. اعتقدت أن جيل الألفية متقدم بما يكفي

لعدم الحكم على أي شخص دون أن يعرفه حتى." يثني عدي على أبهي، "نعم يا صديقي... أنت تبدو تماماً مثل تعليقات الإنترنت تلك." "ولكن ماذا عن الرجال الذين تنام معهم؟ هل يعرفون عنها؟" براشي يسأل أبهي.

يجيب أبهي، "لا أعرف، ولكن إذا كانوا يعرفون، أنا متأكد من أنهم سيفعلون شيئًا أيضًا. ولكنني مندهش نوعًا ما من إعجابك بشخص مثلي ولكنك تعتقد أن تامي مخطئة." تسأل براتشي مرة أخرى، "بالحديث عن شخص مثلك، لماذا أنتِ مختلفة جداً؟" بربك يا براتشي، أنت تعلمين أنه لا يجيب على هذا السؤال أبدًا. إنه يتهرب من الإجابة عليه لن نكتشف السبب أبدًا"، يجيب علي عن أبهي بينما يذهب أبهي لشرب كأس كامل من الروم.

"هل يريد أحدكم البيتزا؟" يسأل أبهي، بينما يجيب الجميع بالإيجاب. يطلب أبهي 2 بيتزا كبيرة على هاتفه الخلوي. "حسناً. لندخل مباشرة في صلب الموضوع. هل ندمت على عدم الزواج في المقام الأول؟" يسأل براشي أبهي مرة أخرى. لاحظ أبهي الفضول على وجه الجميع وبعد أن أخذ نفسًا عميقًا أجاب: "لأكون صادقًا، إنه أمر سيء في بعض الأحيان. لكنني ما زلت أعتقد أن الزواج من شخص ما لن يغير الكثير. أعني، إذا كنت لن تكون راضيًا تمامًا في مرحلة ما، فلماذا لا تفعل ذلك بالتركيز على نفسك فقط؟"

يقاطع عدي أبهي، "لكن من الواضح أنك تستند في ذلك إلى إحصائيات الطلاق. ولكن لا تزال هناك بعض حالات الزواج السعيد. أعني، أنا لا أعرف ما إذا كان سيكون في أي مكان في أي حالة من الحالات.... هناك... أنت تعلمين... نعم... مثل والدينا." براشي وعلي ثاني عدي. يواصل أبهي بابتسامة عريضة "نعم... هذا سيكون جيلي.... حاملي راية المساومة والصلاح الذاتي والتقاليد. ربما لم يمانعوا في تحمل المزيد من المسؤوليات".

يقول علي، "لكن ما الذي ميّزك عن القطيع...؟ لا عليكِ، لن تجيبي على أي حال." يجيب أبهي: "حسنًا، أحيانًا تكون هناك أولويات، أو الرغبة في السيطرة على حياتك، أو حسرة القلب، أو

حتى الشعور بأنك غير مستعد دائمًا". "إجابة مبهمة... لكن أفضل. على الأقل أنت لم تتجاهلي الأمر تماماً." يجيب علي.

"ماذا عنكما أيها العاشقان ... هل تحدثتما مع والديكما بعد؟" أبهي يسأل علي وبراشي. يقول براتشي: "من السابق لأوانه اتخاذ قرار. نحن معًا منذ عام تقريبًا وهذا الشيء من عدم الاستعداد، لا أريد أن يحدث ذلك بعد." يومئ علي برأسه بخيبة أمل طفيفة، فيقول أبهي: "بغض النظر عما يحدث في المستقبل، من الجيد أنكما تعرفان ما لا تشوشان عليه في موضوع الزواج. وأيضًا، أرجوك لا تظن أن عدم قراري بالزواج لا يعني أنه أمر خاطئ. وإلا فإنك تخسرين الكثير".

يرن جرس الباب. يقول عدي: "لا بد أنها البيتزا. سأحضرها." "شكراً بيتا. سأتناول حبوبي." يجيب "أبهي" ويغادر الغرفة والآخرون مذهولون وينظرون إلى وجوه بعضهم البعض في دهشة. يقول عدي: "ما كان ذلك!" ويفتح الباب. يلاحظ "علي" خروج "تامي" من باب غرفتها وهي تفتح الباب. يتبادلان نظرات قصيرة قبل أن تدخل تامي إلى المصعد مع عامل التوصيل ويغلق أبهي الباب.

يقول عدي بوجه متورد، "إنها مثيرة نوعًا ما!" تقول براتشي: "لقد سمعت أبهي، ليست نوعك المفضل". "ماذا يعرف؟ ربما لا يزال غير آمن"، يقول علي. بعد بضع ساعات، الجميع نائم في غرفة المعيشة. يستلقي عدي وهو يشخر على كيس القماش وآخر شريحة من البيتزا غير المكتملة تنزلق ببطء من يديه إلى علبة البيتزا. ينام علي وبراشي على الأريكة في وضع العناق. يذهب أبهي إلى غرفة نومه ليحضر بعض الملاءات ويفردها على عدي وعلي وبراشي. ثم ينظر إلى هاتف عدي الملقى على الأرض.

بعد بضع ساعات، تفتح براشي عينيها وتوقظ علي، لكن علي لا يتحرك. ثم توقظ عدي وتطلب منه أن يوقظ علي بينما تذهب هي إلى المرحاض لتلعق. يهز عدي جسد علي بقوة ويقول: "علي، هل أنت بخير؟ هيا بنا نذهب. عليك أن تضع براشي على الأرض."

علي يصدر همهمة كسولة ويقول إنه يعاني من صداع". بعد بضع دقائق، يخرج أبهي من غرفته ويجد عدي وبراشي يكافحان من أجل إنزال علي عن الأريكة.

"أرجوك انهض يا علي". تتوسل براتشي. يجيب علي ببطء، "لا... لا، أرجوك... أنا مخلوق أفقي. هذه هي طبيعتي الحقيقية." "سأحضر له بعض الحبوب والقهوة. وربما الكثير من الماء." يقول "أبهي" وهو يمشي إلى المطبخ ويخبر الجميع بذلك بينما يعلم الآخرون أنه في الغرفة. يلاحظ أبهي هاتف عدي من نافذة المطبخ مرة أخرى ثم ينظر إلى عدي.

بعد بضع دقائق، كان الجميع يرتشفون بهدوء رشفات صغيرة من القهوة الساخنة من أكوابهم بينما ينظر عدي من نفس الأرملة التي كانت في الليلة الماضية إلى نفس النافذة حيث تامي تبتعد عن الآخرين. وفجأةً يتحدث قائلاً: "هلا نظرت إلى تلك المؤخرة." فيقول علي "أين... أين؟" فيقول أبهي "لقد رأيتها كثيرًا. واحد منهم لديه وشم تنين" ويغمز. ثم تقول براتشي: "أنتم يا رفاق مرضى ومن الواضح أنكم تعانون من آثار الثمالة. سنذهب إلى أوبر اللعين الآن".

الفتاة ذات المؤخرة الموشومة على شكل تنين

عندما استقل عدي وبراشي وعلي المصعد لمغادرة شقة أبهي، استقبلهم رجل طويل القامة مفتول العضلات وملتحي يحدق في هاتفه المحمول. يغلقون الباب خلفه بينما يسير باتجاه الشقة رقم 1306. وقبل أن يحاول أن يدق جرس الباب، يلاحظ أن أبهي يغلق باب الشقة بينما يتواصل معه بنظرة قصيرة. يتمتم الرجل بهدوء "ابن العاهرة".

يرن جرس الباب فتستقبله "تامي" التي ترتدي ملابسها وحقيبتها لتخرج معه. وبينما يسيران نحو المصعد، يقول: "إذن، متى تخططين للخروج؟ لا أصدق أن ذلك الأحمق لا يزال خلف بابك." تواصل تامي المشي دون رد وتدخل المصعد. يدخل الرجل خلفها ويغلق الباب المؤدي إلى الطابق الأول.

لا يجد كاميرات في سقف المصعد، فيحاول تقبيلها، لكن تامي تدفع وجهه بيدها إلى الخلف، وتحافظ على وجهها مستقيماً. "ما خطبك؟ أنت من أخبرني عن أبهي، وما زلت لا أهتم. تعالي هنا." يقول لها الرجل، لكنها لا تتحرك. "هل ضاجعته الليلة الماضية أم ماذا؟" أدارت تامي وجهها البسيط له بعد أن سألها. يخرجان من المصعد بعد أن يصل إلى الطابق الأول.

يركبان سيارته ويغادران. يتابع الرجل، "سألتك سؤالاً...... أنا أتحدث إليك.... مرحباً... تامي..." "الطريق السريع... الآن" تجيب تامي فجأة وتبدأ بمضغ العلكة وتغمز. بعد بضع دقائق، يمارسان الجنس في المقعد الخلفي بينما كانت سيارتهما متوقفة في غابة بالقرب من الطريق السريع. بعد وصولهما إلى النشوة الجنسية،

يرمي الرجل الواقي الذكري ثم يلاحظ وشم التنين على خد مؤخرة تامي الأيسر بينما تسحب سروالها الداخلي.

أعتقد أن مؤخرتك أصبحت "تارجيريان" عندما خرجت معه. لديه ذوق رائع في رسم الوشوم". تخبرنا تامي: "لقد كان يعظ كثيراً مؤخراً أيضاً. وكأنه الصوت الليبرالي المطلق للحكمة." يبدآن بالتدخين وتخرج تامي من السيارة. يسأل، "لقد أردتِ الزواج منه، أليس كذلك؟" تومئ تومى برأسها وتنظر بعيداً إلى الشمس. تضع أشعة الشمس بقعة مضيئة على عينيها لتكشف عن بريق دموعها.

بعد لحظة من الصمت، يبدأ الرجل في تشغيل سيارته ويلتفت إليك ويلقي بحقيبة تامي على الأرض ويقول: "هذا لأنك لم تجيبي على سؤالي اللعين بعد". ينطلق بسيارته تاركاً تامي مذهولة فتخلع حذاءها وتلقي به في اتجاهه، لكنها لا تستطيع الوصول إلى سيارته المسرعة. فتستديره وتلتقط حقيبة يدها. عندما تصل إلى الشارع، تنادي وهي تبحث عن مصعد.

بعد 40 دقيقة، عندما يبدو أنها تعبت من المشي، يسحب رجل آخر دراجته بالقرب منها ويقول: "باتمان إلى الإنقاذ. "كيف انتهى بك المطاف هنا؟

"قصة طويلة... لا يهم. لنذهب".

"لكن إلى أين؟"

"أينما تريدين. فاجئيني".

يختلط عليه الأمر وينتهي به الأمر بأخذها إلى حانة استراحة. "جيد، كنت أخشى أن تأخذني إلى المنزل." تقول تامي وهي تدخل الحانة. يسحب الرجل الكرسي لها، لكنها تقفز على الأريكة. "حسناً، سآخذ الكرسي يا سيدة روبنسون." ترتسم على وجه تامي تعابير الاستغراب من هذا التعليق. يقول: "أوه. كانت تلك إشارة خاطئة تمامًا. أنتِ الأرنب جيسيكا رابيت الفاتنة. " "لا أعرف من هي،

لكنني سأقبلها." تخبره تامي بابتسامة تدرك أنها الأولى لها منذ شهور.

يأتي النادل ليطلب الطعام. تقول تامي: "سآخذ أربعة سييرا تكيلا وكعكة براوني مع آيس كريم." "وأنا سآخذ ما تطلبه هي." فيطلب الرجل تامي بوجه مغازل. وبعد أن يغادر النادل، تبدأ تامي بالتدخين ويصيب بعض من بخارها وجه الرجل، فيرد عليها بسعال خفيف "أعطني بعضاً من ذلك".

"إنه ليس لك".

"أنت أكبر مني بثلاث سنوات فقط، وليس أمي. والآن أعطني إياه. عمي كي عمتي".

تعطيه تامي السيجارة وتقول: "لا تناديني بذلك مرة أخرى." يأخذ الرجل بضع نفثات من السيجارة ثم يعيدها إليها ويقول "حسنًا إذًا. ولكن لماذا تحركت مباشرة فوق منزل العم؟ "أردت أن أسخر منه. ما زلت أنتظر رد فعله الصريح على ذلك. اتضح أن الأمر أصعب مما ظننت. لا أريد التحدث عن الأمر بعد الآن." تجيب تامي.

وبعد بضع دقائق، يذهب الرجل إلى دورة المياه وتبدأ تامي في تناول الطعام بينما يصل طلبها خلفه. تظهر رسالة نصية من أبهي على هاتف تامي الخلوي، لكنها تتجاهلها. يعود الرجل إلى الطاولة ويجلس مسترخياً نسبياً. "هذا أفضل بكثير. هذه الكعكة رائحتها كالجنة. ما رأيك أن نشاهد فيلماً الليلة؟ سيصدر فيلم حرب النجوم الجديد." يطلب منها الرجل الخروج معه في موعد غرامي. تجيب تامي بنعم، مع الحفاظ على وجه مستقيم.

يحجز الرجل تذاكر العرض التالي. عندما تصل المشروبات، يذهب كلاهما لتناول جميع الكؤوس دفعة واحدة وينتهي بهما الأمر معاً. "أنت مجرد رجل رائع!!!". يصرخ الرجل بنبرة عالية ومتحمسة. "نعم، أظل أفعل ما يسمى بـ "أشياء المتأنق" .... أشياء المتأنق... أنا أكرهه من أجلك... ذلك..." عندما يسمع الرجل هذه الكلمات من تامي، يدرك أنها ثملة بالفعل.

على أمل أن يجد بعض الإجابات الصادقة في حالتها، يسألها: "هل تعتقدين أن هذا يمكن أن يستمر لفترة أطول مما نعتقد؟ مثل 4-5 سنوات. ربما مدى الحياة. أعلم أن الأمر قد يبدو وكأنني أتسرع في ذلك. لكن هل يجب أن ننتقل للعيش معاً؟ أنا فقط أحب رؤية هذا الوجه طوال الوقت وهذا الوشم أيضاً. أعتقد أننا نشكل فريقاً رائعاً أعني، إذا قلتِ لا، سأتفهم ذلك، لكن أرجوكِ أعطيني جواباً." بعد أن نظر إلى طبق الكعكة الجاهز أثناء سؤاله، نظرت تامي إليه وقالت: "لماذا تريد أن تتأذى؟ من بين كل الناس الذين أراهم، أنت على الأرجح الأظرف وأنا لا أفعل هذا بك"، وبدأت تنظر إلى هاتفها المحمول، حيث لاحظت عدة رسائل غير مقروءة من أبهي.

دون تحليل كلماتها بالضبط، شعر بالحزن الشديد عندما قالت لا. أخيرًا، وبعد لحظة صمت قصيرة، يقول بوجه عابس ونبرة خافتة: "سأنتظرك في الخارج"، ويخرج غاضبًا من المطعم. أدركت سلوكه الغاضب، فطلبت بسرعة الحساب وذهبت إلى الحمام. تدفع بإصبعها نحو حلقها لتتقيأ. تتقيأ كل ما في الإناء. ثم تنظف المكان وتجد رسالة أبهي النصية:

مرحباً

أنت على الأرجح لست هنا، لكني أريد أن أراك للحظة

هناك شيء ما أريدك أن تعرفه

ترد تامي - سأكون هناك بعد قليل

تدفع الفاتورة على الطاولة وتخرج لإلغاء الفيلم مع الرجل. تذهب إلى موقف السيارات وتجده لا يزال مستاءً بشكل واضح. تخبره بقلب حزين أنها لا تستطيع الحضور لأن لديها أمر طارئ عليها القيام به. "من الواضح أن القوة ليست معي. ربما ستكون كذلك في المرة القادمة إذن. سأتحقق من ابن عمي لأرى إن كان متفرغاً وسأحضر لكِ." يرد الرجل بخيبة أمل صافية. تقول تامي: "نعم، سيكون ذلك رائعاً. شكراً جزيلاً لك."

في الطريق إلى منزل تامي، لم يقل أي منهما أي شيء.
وفجأة يتوقف الرجل ويطلب من تامي أن تتراجع. ويقف أمامها مباشرةً ويسألها: "هل قلتِ أنك مع شخص آخر؟

"لا؟ متى؟"

".أنت لست آسفاً حتى لأنك أنقذتني في الفيلم. أنت لست في رأسك"

".أنا بخير"

حقاً؟ ألم تقل أنني ألطف الناس الذين كنت معهم في هذه الحانة؟ "
""ماذا يعني هذا؟

لا. لابد أنني قلت - "من بين كل الناس الذين أنا معهم". لا... "
"أعني... "لقد تم التخلي عني

هراء! هذا يفسر لماذا انتهى بكِ المطاف وحيدة في منتصف "الطريق السريع خارج المدينة. قد يكون كذلك ما يسمى بـ"منافسي ".الرومانسي" الذي وجدته من خلالك

انظر، من الواضح أنك منزعج من شيء آخر، لكن لا علاقة له "
".بوجودي على هذا الطريق السريع

تباً لكِ ولحياتك السرية للغاية من أجل صديقي الصغير. لا... أعني "
".تباً لك

".حسناً، لا، شكراً لقد ضاجعت شخصاً ما اليوم بالفعل"

لماذا لا تعود إلى منزلك في جزيرة العاهرات." يترك الرجل "المحادثة الساخنة مع تامي وهي وحدها في الشارع وينطلق مسرعًا على دراجته الهوائية رافعًا إصبعه الأوسط في الهواء". تدير تامي ظهرها له وتقول لنفسها: "على الأقل يمكنني الحصول على سيارة .أجرة من هنا"، وتبحث عن واحدة

14
الشقة رقم 1301

12 يناير 1994

يتجول أبهي الأصغر سناً بكثير في منطقة مسطحة نصف مبنية في مبنى سكني قيد الإنشاء. يشعر بإيجابية تجاه كل شيء شعر به هناك. المساحة، والنسيم، والجدران. يخرج سمسار العقارات من الغرفة الداخلية ويقول: "إذا كنت لا تمانع يا سيدي، من فضلك أخبرني اليوم نفسه إذا كنت ترغب في مراجعة الاتفاق في مكتبي غدًا".

يقول أبهي، "اعتبر الأمر منتهياً. سآخذها." "أخبار رائعة. يمكنك غداً إجراء مراجعة الاتفاقية، ويرجى إحضار المبلغ المدفوع مقدماً. سأساعدك أيضاً في عملية التسجيل. وفي نهاية العام، ستحصل على المفتاح." يهنئه السمسار ويغادر. يفتح "أبهي" محفظته ويمزق صورة الفتاة التي كانت فيها لبعض الوقت.

2 ديسمبر 1994

شقة "أبهي" مؤثثة بشكل جيد وهو يرتب كل أغراضه في الداخل. يفتح دليلاً بالقرب من هاتفه لمعرفة رقم هاتف زميله. يرن جرس الباب لأول مرة فيسرع إلى هناك بحماس. يفتح الباب على مجموعة من الغرباء الذين يبدو أنهم أكبر منه بكثير. "مرحباً، هل يمكنني مساعدتك؟ يرد عليه أحدهم، بينما يبتسم الآخرون قائلين: "كنا نتساءل إن كان بإمكاننا مساعدتك. نحن جيرانك".

يدخلون قبل أن يتمكن أبهي من الرد. "من فضلك خذ هذه الكراسي. ما زلت بحاجة لشراء أريكة وتلفزيون." يعبر أبهي عن عدم قدرته على ترفيه الضيوف بعد الآن. يقول أحدهم: "أنت أصغر من أن تكون صاحب شقة. هل أعطاك والداك هذا؟ يحمرّ أبهي خجلاً ويجيب: "كان والداي غاضبين للغاية عندما علما أنني أنفقت كل أموالي على هذا المكان. لقد كنت أعمل لمدة عامين بعد حصولي

على ماجستير إدارة الأعمال. لذلك لم يتبق لدي أي مدخرات في الوقت الحالي".

" ماجستير في إدارة الأعمال! جيد جداً! يا له من شاب ذكي! لماذا لا تتزوج الآن؟" يسأل أحدهم أبهي، فيغضب أبهي، ولكنه يجيب بهدوء وهدوء: "حسناً، والداي يريدان ذلك أيضاً، ولكن هذا لا يكفي. أنا لا أؤمن بمفهوم الزواج لأنني لست مستعدًا على الإطلاق، لكنني أفضل التركيز على نفسي بدلًا من تركيز انتباهي ومكسبي على شخص غريب سيختاره والداي لي. *نفس عميق* سأعد الشاي لكم جميعاً.

عندما يقترب أبهي من المطبخ، يقول أحدهم: "في الواقع، لا تقلق بشأن ذلك! لقد توقفنا فقط من أجل مقدمة سريعة." "لكنني لم أتعرف على أي من أسمائكم." يسألهم أبهي. "إنها على لافتات أبوابنا. دعنا نذهب الآن،" يجيب أحدهم الآخر. يرد "أبهي" بشكل رسمي ويغلق الباب على الفور، بعد أن لم يتلق أي رد منهم: "شكرًا لك على زيارتك في هذه الحالة".

فبراير 1 1995

يتصل أبهي برئيس الجمعية ويقول له: "ماذا يعني هذا الاتصال؟ لمجرد أنني أعزب، أنت تفترض أن كل الضوضاء تأتي من شقتي.... لا، لا، لا، من المستحيل أن تكون الضوضاء الصاخبة صادرة من منزلي....... لا، ليس لدي أي أصدقاء.... لكن أتعرف ماذا، سأستضيف بعض الأصدقاء الآن وسنحتفل بقوة، ثم يمكنك أن ترى بالضبط من أين تأتي الضوضاء....... أوه حقاً جوبتا جي من البيت المجاور لديها مكبر صوت مع مسجلها إنها تصاب بالجنون مع البهاجان والكيرتان في الصباح الباكر. أنا لا أرى إشعارًا على بابها أبدًا. " بعد شرح على الهاتف، يغلق أبهي السماعة ويتصل بزملائه ليأتوا بالمشروبات.

أبريل 16 1998

" للمرة الأخيرة يا أمي، أنا صغيرة جداً على الزواج.... أعلم، أنا 31..... إلى الجحيم مع شركتك، لا أحد يهتم." أبهي يتحدث إلى

والدته على الهاتف. "لا يهمني إذا كان لا يريد التحدث معه بعد الآن. هذه حياتي وأريد أن أقرر كل شيء من أجلها..... أمي، من فضلك لا تبكي، هذا لا يعني أنني لا أحبك. أنتِ ما زلتِ أهم شخص في حياتي ولا أريد لشخص آخر أن يغير ذلك... أرجوكِ أمي، حاولي أن "- تتفهمي

أنا آسف لأنك اضطررت للاستماع إلى ذلك." يقول أبهي لزملائه، " الذين يجلسون خلفه مباشرة في صمت تام ويشربون. "لا، لا بأس يا صديقي. في الواقع هذا يذكرني بالوقت الذي كان فيه والداي يضايقانني كثيراً، لكنني تزوجت في النهاية. لكنك تبلي بلاءً حسناً، أعني أننا في هذا العمر ما زلنا نحظى بعرين للعزاب حيث يمكننا ".جميعاً الاحتفال دون زوجاتنا

ويقول رجل آخر، وهو ثمل بشكل واضح: "يجب أن تنتقل إلى الولايات المتحدة، فأمثالك مرحب بهم دائماً. ثقافتنا ليست مثلهم." "ماذا يعني ذلك؟" يسأله أبهي، "يجب أن تخرج من الخزانة. أنت طبيب تجانسي - " - "اخرج من منزلي أيها الخنزير السكير! كل واحد منكم"، يصرخ أبهي مقاطعا إياه ليطرد الجميع. "المعلوماتكم، أنا بالفعل أواعد شخص ما وهي فتاة." يغلق أبهي الباب خلف الجميع .وهم يغادرون في صدمة وغضب

مارس 2003 23

يبدو مسكن الشيخ أبهي أكثر فوضوية وهو يشاهد مباراة كريكيت على التلفاز مع فتاة أصغر منه سناً مشغولة بلعب الثعابين على هاتفها المحمول. "ما خطب الهند اليوم؟ انظر إلى لغة جسدهم. أعتقد أنها ثابتة. أي شخص يحقق 359 شوطاً في نهائي كأس العالم... هذا جنون." أبهي يستجيب للمباراة. تقول الفتاة: "أبي يبحث عن مباراة وتنتظر رد أبهي، الذي لا يزال "Shaadi.com لي على موقع مشغولاً بمشاهدة الكريكيت. وفجأة، يكتم صوت التلفاز ويقول: "أنا ؟ ما هذا؟ لديهم منكرين للزواج Shaadi.com آسف؟ هل لديك موقع ".على الإنترنت الآن

"هل ما زلت تحبني؟" تسأله الفتاة. يقول أبهي: "نعم، أحبك".

"إذن لماذا لا يمكنك أن تقول لي هذه الكلمات في الكنيسة؟"

"لماذا تفعل هذا اليوم؟ أنت تعرف كيف أشعر حيال أمور الزواج".

"أبي يقول لا يمكنني العيش هكذا بعد الآن إما أن أتزوجك أو من يختاره لي".

"وأنتِ أخذتيها منه للتو يا فتاة أبي الصغيرة؟"

"لماذا لا تفهمين ذلك؟ أنا أعيش معك منذ أكثر من عام. أنا في السابعة والعشرين"

"وأنا في الـ 36، يا له من أمر كبير مع هذه الأرقام. العيش فيه هو وضع رابح لكليهما، ألا ترين؟"

"من الرابح هنا؟ لا أستطيع الاستغناء عن والديَّ من أجلك بعد الآن." تذهب إلى غرفة النوم لتحزم أغراضها. "هل ستنفصل عني؟ عظيم، هذا هو التاسع في السنوات الخمس الماضية. لقد انتهيت الآن. الآن أنا ووظيفتي فقط.... يا إلهي، ليس أنت!" تخرج من غرفة النوم لترى ما إذا كان أبهي منزعجًا حقًا. لكنها تجده متجمدا و صامتا و لا يستطيع الكلام و هو يشاهد ساشين تيندولكار في مباراة الكريكيت". يقول أبهي بصوته المكبوت: "لقد انتهى الأمر الآن. لن أشاهد الكريكيت مرة أخرى. لقد أفسدتموها جميعاً بالنسبة لي." تعود الفتاة مسرعة إلى غرفة النوم لمواصلة حزم أمتعتها في خيبة أمل.

ديسمبر 21 2012

تظهر غرفة النوم نفسها بعد 9 سنوات ونصف، حيث يخرج أبهي الأكبر سناً بكثير وفي يده اليمنى كأس من النبيذ الأحمر وفي يده اليسرى سيجارة مشتعلة، وهو يستمع ويغني على أنغام أغنية كوين بوهيميان رابسودي. إنه أنحف بكثير ووجهه مجعد. ويرتدي نظارات ويقل شعر رأسه وبعضه أبيض اللون. يلاحظ وجود بريد إلكتروني جديد غير مقروء على حاسوبه المحمول به بريد إلكتروني

جديد متعلق بالعمل ويقول: "من أخدع؟ لقد أنجزت ما يكفي من العمل في المكتب اليوم. الآن أنا أستحق وقتًا آخر "لي". أنا ... أنا ... أنا ... أنا فقط." يذهب إلى المرآة ويقول انعكاس صورته: "وأنا أيضًا."

يطرق الباب في شقته. يفتح الباب فيجد طفلاً في الخامسة من عمره يقول إن والدته تريد خفض صوت الموسيقى قليلاً. يذوب قلب أبهي عند سماع صوته الرائع ويقول: "بالطبع أيها الصغير. أي شيء من أجل جيراننا المثاليين وأخبر أمك أنني سعيد لأن العالم لم ينتهِ اليوم وأنني سأظل أحبك دائمًا. " يعود الطفل مسرعًا إلى شقته بينما يلاحظ أبهي مجموعة من الفتيات الصغيرات يتنقلن في الشقة، إحداهن تامي في زي عادي تمامًا.

26 فبراير 2015

تأتي "تامي" أمام "أبهي" وتسحب سروالها القصير إلى الأسفل قليلًا لتكشف عن وشم على مؤخرتها اليسرى وتقول: "عيد ميلاد سعيد!" "لم يكن عليك فعل ذلك." " يقول لها أبهي. فترد تامي "اهدئي! لقد رسمته فتاة عليّ. ليس لديك وقت لي على أي حال، لذا على الأقل هذا الوشم سيجعلك تدركين ما تعنيه لي في كل مرة نمارس فيها الجنس." يقول أبهي: "ليس هذا ما قصدته. أنا كبيرة في السن الآن، ولست عجوزاً."

تصعد تامي إلى حضن أبهي وتقبله. "أعلم أنك على الأرجح لن تتزوجني أو تتزوج أي شخص. لا أعرف حتى إلى متى سيستمر هذا الأمر بيننا، لكن هذا الوشم يعني لي الكثير. أنا كل شيء لك وأنت كل شيء لي. أنا لا أقول أنه يجب عليك الحصول على وشم لإثبات أي شيء أيضًا، لكنني أردت فقط التأكد من أن هذا الأمر سيصل إلى مكان ما." تركت كلمات "تامي" "أبهي" في حيرة من أمره، فعانقها بقوة.

30 ديسمبر 2017 (اليوم)

دينغ خرجت "تامي" مسرعة من المصعد باتجاه شقة "أبهي" ولاحظت بابه مفتوحًا على مصراعيه وزوجين في منتصف العمر ينظران في غرفة المعيشة. وقبل أن تتراجع خطوة إلى الوراء، يخرج "أبهي" من غرفة نومه ويسأل الزوجين: "إذا كنتما لا تمانعان، أرجو أن تخبراني اليوم نفسه إذا كنتما ترغبان في مراجعة الاتفاق في مكتب الشركة غدًا. ونعم، لا يزال السعر قابلاً للتفاوض." يومئ الزوجان برأسهما ويشكرانه على حضوره ويغادران بعد فترة.

يلاحظ "أبهي" أن "تامي" تنتظره خارج الباب الأمامي عندما يرى الزوجين. فيطلب منها الدخول، "كم من الوقت كنتِ واقفة هناك؟ كان بإمكانك أن تطرق الباب؟ تفضلي بالدخول." يجلس كلاهما على طرفي الأريكة. تسأله تامي: "ماذا حدث؟". "سأعود للعيش مع أمي. إنها تحتضر. وأنا في حالة يرثى لها هنا." يجيب أبهي.

تأخذ تامي نفسًا عميقًا وتقول: "هل أنت متأكد؟ أعني، يجب أن تطمئن على والدتك، لكنك تريد فقط أن تنتهي من هنا. لماذا؟" يرد أبهي، "حسنًا، من الواضح أن لا أحد يريدني هنا. يأخذ الناس في المجتمع حتماً مساهمات فردية مني لكنهم لا يدعونني أبداً إلى الاجتماعات أو المناسبات. كما أن الزملاء ليسوا أشخاصاً طيبين أيضاً. لدي ما يكفي من المال للعيش لبقية حياتي. لا أصدقاء، وليس لديّ الكثير من العائلة، لكن نعم... هذا سيفي بالغرض."

تقول تامي: "حسنًا، إذا كنت قد قررت القيام بذلك، فلا يوجد تغيير كالمعتاد". يبتسم أبهي ويقول: "نعم. بالمناسبة، إذا كنت تريد إزالة هذا الوشم بالليزر، فسأكون سعيداً بالتكفل بذلك. أعني، لقد كتبتِ اسمي هناك عندما كنتِ تعيشين هنا، وشعرت بأنني أكبر من أن أكتبَ أي شيء على جسدي، وبعد أن انتقلتِ من هنا، رسمتِ اسمك كتنين لإخفاء اسمي، وبطريقة ما أشعر أنني مسؤولة عن ذلك".

تجيب تامي: "حسنًا، أنت كذلك. لكنني أحب ذلك. بل وأكثر من ذلك الآن. لذا لا، شكراً لك." يقول أبهي، "فقط اتخذي خيارات جيدة واستمتعي بالحياة لأن الحياة أقصر من أن تضيع على مشاعر صغيرة أخرى. تامانا اسم جميل، يجب أن تدعي الناس ينادونك بهذا

الاسم. "يا إلهي ... أنت حقاً رجل عجوز الآن ..." تامي يرد على أبهي ".... ما هي الخيارات التي تتحدث عنها؟ أنت الشخص الملتزم. أليس هذا تعريفك للحياة المثالية؟" "نعم، وأنا فخور بك. ولكنني أريدك أن تكون سعيدًا أيضًا"، يرد أبهي.

توقف عن التحدث مثل والدي. أنت تخيفني. فقط لا تفسد ما تبقى بيننا. لقد انفصلت عنك مرتين اليوم بسببك وأدركت أنني كنت أحاول فقط أن ألجأ إليك لأن الأمور لم تنجح معي." تخبر تامي أبهي عن يومها. يقول أبهي: "لا بأس أن أشعر بنوع من الذنب وأعتقد أنك عاقبت نفسك بسببي فقط. لكن لا تغيري أي شيء بعد رحيلي. أنتِ رائعة كما أنتِ. أنت فقط مرتبطة بي عاطفياً أكثر من اللازم. حاولي ألا تفعلي ذلك مرة أخرى مع أي شخص، ولا تدعي أحدًا يحكم عليك".

الوداع

في اليوم التالي، تستيقظ "براشي" في الصباح الباكر مع بعض الرسائل من عدي. إحداها ملف صوتي. يستيقظ علي أيضًا على رسائل عدي ولكنه يتجاهلها ويعود إلى النوم. تقرأ براتشي الرسائل:

لقد وجدت هذا اليوم أثناء استراحتي.

REC2912122017.mp3

تعال إلى هنا حالما تسمعها.

تنقر براتشي على الأخبار وتستمع إليها. بدأ بصوت منتفخ، يليه صوت أبهي:

"أعتقد أنه على الآن..... آسف لاستعارة هاتفك دون إذنك. *تنفس ثقيل* لا أعرف ما إذا كنت ستجده على هاتفك المحمول عاجلاً أم آجلاً. لكني أريدك فقط أن تعرف أنني استقلت منذ بضعة أيام وأنا متقاعد عملياً الآن. سأعود إلى جايبور. شقتي معروضة للبيع ابتداءً من الغد وأريد فقط أن يستقر كل شيء بحلول هذا العام.

لقد عشت حياتي لفترة طويلة جداً لنفسي فقط وبشروطي الخاصة. أعتقد أن هناك حدود لكل شيء، حتى الكمال. ما بدأ كإصرار الشباب ينتهي الآن بندبة على الروح القديمة. بدأ كل شيء عندما أدركت في طفولتي أن والداي لم يعملا كفريق واحد. كل تلك التقاليد القديمة تجبر أمي على البقاء في المطبخ وأبي على تحمل كل ضغوط العالم على كتفيه. أما بالنسبة لي، فدعوني أكرر القصة بأكملها مرة أخرى.

كنت طفلة وحيدة. وهذا على الأرجح أحد الأسباب التي جعلتني لا أتأقلم في أي مكان. ما يقوله الناس عن كوني متحفظة هو في الحقيقة كوني مرتاحة. أبتسم وحدي وأبكي وحدي وأحياناً أتحدث مع نفسي. لطالما أرادت أمي أن أكون سعيدة، وأراد أبي أن أختلط بالآخرين. لم

أستطع إرضاء أي منهما. عندما كبرت، أدركت أنهما يتشاجران كثيرًا. الجميع يتعاملون مع العلاقة بين الزوج والزوجة على أنها مزحة.

إذا كانا مختلفين ومتنافرين إلى هذا الحد، فلماذا نريدهما أن يعيشا معًا لبقية حياتهما؟ وتلك الكلمات زواج - اتحاد - زواج - زواج - حفل زفاف - استقبال - عروس.... آه، لقد جعلتني أتضايق في كل مرة تذكرها صديقتي. لقد "تحملت" موقفي من زواجي لمدة 5 سنوات. لقد قاومت تقريبًا ضغط الأقران للزواج من الشاب الذي اختارته. وبينما كنا لا نزال نتواعد، عرض عليها أحد الزملاء في العمل الزواج.

حسنًا، أراد أحدهم أن يتزوجها، وكان ذلك سببًا كافيًا لتركها لي. حتى يومنا هذا، كل ما كنت أفكر فيه عن الزواج هو حسرة القلب والتقاليد الشريرة وإهدار هائل للمال."

*صوت صفير

"بطاريتك منخفضة للغاية الآن. من الأفضل أن أجعلها قصيرة إذن. فقط أخبري علي وبراشي، أنهما مناسبان لبعضهما البعض وعلى عكس والدي، سيشكلان فريقاً جيداً، ولكن إذا قاما بالخطوة الكبيرة التي لم أقم بها أنا، فهذا فقط إذا كنتِ مستعدة.... عقلياً ومالياً انظروا من يتحدث عن الزواج، أليس كذلك؟ فقط لا تدع والديك أو دينك يقرران عنك. يجب أن تكوني أنتِ المسؤولة لأنك أنتِ من سيعقد قرانك. حظاً موفقاً...سأترك الأمر هنا..... كيف ينطفئ...؟ تلك المؤخرة..."

تشعر براتشي بالارتباك واليقظة التامة بعد سماع الرسالة كاملة وتتصل على الفور بعلي. في هذه الأثناء، يذهب عدي إلى متجر تذكارات قريب ويتصفح المكان. يتصل أبهي بعمال التعبئة والتغليف على الهاتف ويناقش معهم موعد الاستلام. ينظف أبهي خزانة أغراضه ويحزمها بعناية في حقيبته. تحذف تامي جميع صور

أبهي ورسائله النصية المتبقية من هاتفها الخلوي والكمبيوتر المحمول.

بعد بضع ساعات، يصل عمال التعبئة والنقل ويبدأون في حزم أغراض أبهي. يصل علي وعدي وبراشي إلى شقة أبهي بعد ساعتين وينظرون إلى المنزل شبه الفارغ مع أزواج من الحقائب وحقائب اليد الجاهزة للرحلة. يخبرهم أبهي أن ينتظروا. "لا يوجد مكان يستقرون فيه. سآخذكم جميعًا إلى مقهى حتى نتمكن من التحدث بينما يكون لدينا مكان للجلوس. لا يمكنني التحدث واقفاً بعد الآن." "آه! خطاب وداع. لنذهب إذن"، يجيب علي.

يركب الجميع سيارة أبهي ويتجهون إلى أقرب مقهى ستاربكس. في الطريق، تسأله براشي: "هل وجدت مشتريًا؟" "نعم، لقد بيعت. كنت سأغادر خلال ساعة. لقد وجدت هذا التسجيل في حالة سكر على هاتف عدي." يجيب أبهي. "حسناً، يمكنك أن تسميها صدفة أو حظاً سيئاً، أنا غاضب منك لمحاولتك التسلل دون أن تخبرنا". يقول عدي أبهي. تقول براشي: "مرحبًا ... التسجيل." يجيب عدي: "نعم، ولكن فقط لأنه كان ثملاً وفي مكان ما في قلبه لم يكن يريد أن يجعل الأمر مشكلة كبيرة."

يصلان إلى ستاربكس. يطلبان قهوتهما ويجلسان على طاولة. يقول أبهي لعدي: "حسناً، دعني أكسر الجليد بالقول إنني أرى نفسي الأصغر سناً في أنت.... أنت تعرف مجازًا." يضحك علي وبراشي. "هناك فتاة شابة تعيش في البيت المجاور ستكون مثالية لك. وكلما نظرت إليها، تذكرني بإحدى صديقاتي السابقات ثم سرعان ما تغلق الباب." يتابع أبهي. يسلمه عدي هدية ويقول: "هذه هدية منا جميعاً. أشكرك لأنك جعلتنا ندرك أن كل قرار نتخذه سيكون له عواقب فيما بعد. لذلك، يجب أن نتخذ جميعًا قرارات معقولة. هذا كل ما سأقوله."

"2 قهوة بالحليب و 2 شوكولاتة ساخنة لـ أبهي"، كما يعلن موظف ستاربكس. تقول براتشي "سأحضرها" وتجمعهم. يقول علي: "أنا آسف لأنني بالغت قليلاً في تلك الليلة عندما ظننت أنا

وتامي أنكما شعرتما بأنني لا أستحق براتشي. لا ضغينة الآن براتشي اتصلت بي بعد أن سمعت تسجيلك، والآن نحن على وفاق وتصفية". براتشي تحضر المشروبات

" نخب بدون كحول هذا أمر جديد بالنسبة لي"، يقول أبهي وهو يفك غلاف الهدية من عدي. "أفترض أنه لا يوجد حد عمري لتجربة أشياء جديدة. بالطبع، لا تزال التكنولوجيا الحديثة والطريقة التي تستخدمونها أنتم الأولاد في استخدامها، لم يعد التلفاز رفاهية، ولا يمكن العيش بدون جوجل وكل التقدم والمستوى - أوه، ما هذا؟ "فتى بحار يجلس وحيدًا على جزيرة؟

" كناية عنك ... جرفك اختيارك، تقطعت بك السبل على جزيرة مهجورة، لكنك راضٍ و ... " يقاطع أبهي براتشي "بعيدًا عن سفينته الأم ويستمتع بما حوله. أوافقك الرأي العائلة لا تتركك أبدًا. والدي لم يتحدث معي طوال العشرين سنة الماضية قبل وفاته، لكنه ترك لي كل ما كسبه في حياته وأمه.... سأخبرك بهذا، عندما يقول الناس أن لا أحد سيقف بجانبك سوى والدتك التي لن تقف بجانبك أبدًا. أحبك يا أمي وسأظل أحبك دائمًا. الجميع يعانق أبهي في مجموعة. "أوه، أشياء جديدة أخرى". أبهي يرد عليهم ويعانقهم.

****